Ye

892

DISCOVRS
DE LA GVERRE
CIVILE ET MORT TRES-RE-
GRETTEE DE HENRY III. ROY
de France & de Polongne.

A MADAME LA DVCHESSE
D'ANGOVLESME.

Par R. B. D'AMBILLOV.

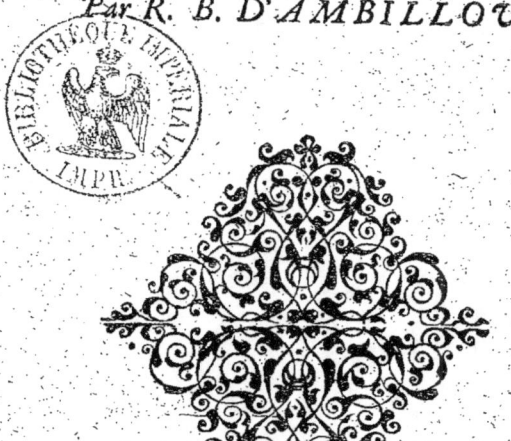

A TOVRS,
Chez Iamet Mettayer Imprimeur
ordinaire du Roy.

M. D. LXXXX.

A MADAME LA
DVCHESSE D'ANGOVLESME.

MADAME,
Long temps auant la mort du Roy voſtre
tref-cher frere que Dieu abſolue, i'auois
fait ce premier diſcours de la guerre ciuile
en intention de le tirer plus loing ſur le cours de ſes
victoires, & le luy preſenter. Mais ce cours a eſté ar-
reſté & mon deſſein conſequemment, par ceſte la-
mentable mort qui a fait ceſſer tous noz oracles. De-
puis ceſte miſerable infortune i'ay tenu pour Scythe
ou pour vn roch, ſur la ſterilité duquel rien de bon
ne ſe peut produire, tout François qui ne monſtre
quelque grande eſmotion d'vne ſi ſenſible douleur.
Et penſé que, comme toutes les ſources de la terre
ont leur cours naturellement enclin vers la mer, les
larmes qu'on eſpandra ſur ce malheur ſe deuoient
toutes rendre à vous qui en auez l'Ocean dedans l'a-
me. De moy qui ne ſuis ne Scythe ne rocher, & qui
meurs à tous momens du regret que i'ay de voir les
degenereux François comme brandõs allumez, faire
gloire & eſleuer vn trophée eſtincelant de l'em-

brazement qui les confume, qui pleure continuel-
lement l'Eclipfe de ce beau croiffant, dans les tenebres duquel les ombres de la terre nous produifent
tant de monftres effroyables. I'ay efté cõtraint d'ou-
urir le cours à l'abondance des flots qui efmouuoiẽt
ma paffiõ, & les guider vers vous, Madame, qui eftes
leur abord neceffaire, en quoy fi d'vne carriere poë-
tique & trop libre, lafchant la bride à l'impetuofité
de mon affection, ie n'obferue affez religieufement
le deuoir, la reuerẽce, & la crainte deuë au fubiet que
ie traite: ie m'affeure trouuer affez d'excufe vers vous
qui auez efprouué tous les trãfports qu'ameine l'im-
patience de ce defplaifir. I'efcry mon premier Dif-
cours à la façon des Poetes: & par les myfteres de
quelques deitez infernales ie defcouure au iour les
deteftables furies qui ont rauagé la France. Quant à
l'autre, ie n'ay fçeu y prépofer autre guide que mes
foufpirs, qui l'emportent çà & là au gré de ma paf-
fion. Tels qu'ils font ie me promets que la France ne
les defdaignera, fi ie luy dy comment vous les auez
fauorablement receuz, & d'vn tel œil que fes rayons
feuls les pouuoient animer, quand bien ils euffent
efté auffi infenfibles que la ftatue de Memnon. Au
refte toute mon intentiõ eft de defcouurir aux François la verité fans fard & fans tenebres: Mon efpoir,
que par vne fi fauorable occafion vous me retien-
drez f'il vous plaift à iamais, Madame,

Pour voftre tres-humble, tres-obeiffant & tres-affe-
ctionné feruiteur, R. B. d'Ambillou.

A MADAME
Madame d'Angoulesme.

STANCES.

L A tourmente a brisé nostre sainct gouuernail,
De vagues çà & la nostre nef agitée
Court vn grand desespoir, & n'a, precipitée,
Que gouffres & rochers bornes de son trauail.

Madame vos beaux yeux en ce commum orage
Comme Phares brillans sur le port de salut
Seuls dressent nos esprits & nous monstrent le but
Où nous deuons viser pour fuir le naufrage.

Las! vous auez trouué entre tant de rochers,
Tant de gouffres ouuerts, tant d'abismes profondes
Le canal argenté, les gracieuses ondes
D'Alphee couronné de fleurs & d'oliuiers.

La constance & l'ardeur de vostre deuote ame
Ainsi que ce beau fleuue, entre ces noires mers
Sans mesler sa beauté passe tout au trauers
A la diuinité, dont vostre amour s'enflame.

L'Eglise & la vertu sont vos belles amours
Qui ne se meslent point dans la secte nouuelle,

A iij

Et vont brifans caffans l'entreprife rebelle
Des tourbillons mutins oppofez à leur cours.

    Braue-indomtable cours dont la conftance heureufe
Ne bronche çà ne là, que la crainte de Dieu
Guide diuinement dedans vn beau milieu
Dont chafque extremité eft toufiours dangereufe.

    Madame, ce chemin eft le feul bien heureux
Le refte font efcueils, la verité n'eft qu'vne,
Vne eft voftre vertu, du refte la fortune,
Là tempefte & le vent iouent à qui mieux mieux.

    Ie le dy fans mentir, vous eftes en la France
Vn miroir expofé à la perfection,
Tout ce qui eft parfaict voit fon affection,
Et fe cognoift foudain dans voftre cognoiffance.

    Vertu n'eft pas vertu fi elle n'eft en vous,
Toute deuotion s'aueugle en fa ruine,
Et eft fedition, fans la clarté diuine
Que le Ciel vous depart, & voftre exemple à nous.

    Ceux à qui ces malheurs efpuifent tant de larmes,
Font autant d'iniuftice, & leurs regrets font vains,
S'ils ne font animez de ces vertueux plaints,
Qui dans voftre eftomac redoublent tant d'alarmes.

    De moy lors que ie vy dans vos beaux yeux panchez
Errer tant de foucis, de pitiez, de trifteffe,
De languiffans regrets & d'ires vengereffes
Sur les flots de vos pleurs non encor eftanchez.

    Alors que vous plaigniez la mauuaife fortune
Du coup qui penetra la France & voftre cœur,

A

Reſſemblante à Thetis quand ſa diuine humeur
Larmoya de ſon fils vne perte commune.
   Ie pris dans vos ſouſpirs & voſtre œil degoutant
Vn Permeſſe à ma Muſe, vn eſprit à ma plainte
Regardant bien-heureux ſur voſtre front depeinte
La beauté de l'obieēt que ie vay regrettant.
   Auſſi en vous donnant tous ces regrets, Madame,
Ie réſſemble au Criſtal qui r'enuoye au Soleil
Mille brillans eſclairs eſlancez de ſon œil,
Dont mort & glace il prend vne flame & vne ame.

      Son tres-humble & tres-obeiſſant ſeruiteur,
          R. B. d'Ambillou.

DISCOVRS DE LA
Guerre Ciuile.

DES genereux *François la gloire vagabonde*
Couroit trop librement tous les endroits du
monde:
Le Soleil s'ennuyoit de voir que son grãd tour
Ne seruoit qu'à monstrer leurs victoires au iour:
Leur courage indomté sembloit forcer les Parques
Et contraindre Charon de reprendre des barques
Pour passer tant d'esprits que par leurs durs effors
En mille beaux hazards ils separoient des corps:
Pluton se depita du vol de ses furies,
Qui deuançoient tousiours où leurs ames hardies
Commençoient l'escarmouche: & Mars vouloit encor
Armer son estomach de sa cuirasse d'or,
Pour combatre obstiné ceste Pallas qui guide
Les douceurs de Henry & sa dextre homicide.

   Peu te sert ô grand Roy parmi tes ieunes ans
Auoir sceu contenter ses desirs plus sanglans.
Les sages actions dont ta docte ceruelle
Semble encor enfanter ceste Pallas nouuelle,

B

Deplaisent à ce Dieu, qui abhorre cruel
De voir par la raison forcer son naturel:
Sa rage sa fureur ne peut sans ialousie
Voir que ces beaux discours commandent à ta vie.

Helas celuy qui veut assurer fermement
De sa fortune humaine vn stable fondement
N'ose s'habandonner au cours qui luy agree:
Trop de vent opportun sur l'inconstant Neree,
A fait courir naufrage a maint triste vaisseau,
Et la mesme vertu qui domte le tombeau
N'honore sans peril celuy qui sans feintise
A toute bride suit l'heur qui le fauorise.

Siecle pis que de fer, la belle affection
Des plus diuins esprits craint sa perfection:
Car il fait dangereux estre tel qu'on ne puisse
Sans enuie estre veu, nostre humaine malice
Tousiours d'vn mauuais œil regarde la beauté
Que ne peut egaler son imbecilité.
Et des ambitieux la Nature alteree
Au mal & a l'erreur est si fort coniuree
Qu'elle hait la vertu, la loüange d'autruy
Leur poinçonne le cœur de tristesse & d'ennuy,
L'honneur des vertueux leur est abominable,
Et l'admiration vne horreur detestable.

Le l'Hierre qui ne peut sinon d'vn petit pas
Sans veüe sans honneur se trainer contre bas
Enuie de l'Ormeau l'apparente hautesse,
S'il se rencontre aupres d'vne feinte caresse

Il l'embrasse & l'estraint, iusqu'à ce que l'Ormeau
L'esleue en se haussant sur son plus haut rameau.
Lors sa rage se void son fiel sa ialousie
Et d'vn secret poison luy asseche la vie:
Le Laboureur qui met ce bois mort dans le feu
Ne l'en arrache pas il s'en soucie peu
Mais puisqu'il est vengé sa feuille toute verte
Bruit gayement au feu sa victoire & sa perte.

 Helas ô mon grand Roy vos haineux combatus
Du los inimité de vos grandes vertus,
Exposent tout ainsi leur vie & leur fortune
Au ialoux desespoir de leur folle rancune.
Ils n'ont point de subiet forsque leurs yeux méchans
Ne peuuent endurer les vostres trop brillans,
Mais tousiours vos vertus comme vn esclat qui meine
Le tonnerre grondant vont menaçant leur haine.

 Tout est frapé du bruit de vos braues combas,
Le Ciel, l'Air, & la Terre & les Enfers plus bas
Vos conquestes font voir aux manes d'Alexandre,
Ce monde tout nouueau vn il voulut estendre
Sa ieune ambition, Cesar tout transporté
Replore encor vn coup de se voir surmonté,
Il tance la fortune enuieux que la France
Florisse si long tems du los de la vaillance.

 Traitresse, disoit-il, as tu à ceste fois
Flechy souz la vertu de ces braues François?
Ta rage ta fureur dont la mienne battuë
A cent fois vacillé est-elle ores vaincuë?

Ta rouë est-elle fixe à l'heur de leurs desseins?
L'inconstance à leur bien sort elle de tes mains?
Poltrons à qui l'obiet de nos dures victoires
Proposoit vn patron de triomphes de gloires,
Qui laissez arracher à ces braues guerriers
Votre exemple tracé nos bornes, nos lauriers:
Qui n'auez retenu du Romain redoutable
Que le nom pour le rendre à tous abominable,
Qui auez conuerty la ruse en trahison
Et l'effort de la guerre au coup d'vn noir poison:
Qui pour tout poinct d'honneur sçauez couuer en l'ame
Vn appesit vengeur d'vn feu brulant sans flame,
Ne soyez point oisifs: au moins foibles bastars
Aiguisez le cousteau dont laches & couars
Vous ne sçautiez fraper, attisez entre eux-mesmes
Vn feu qui pour le moins par des dangers extrêmes
Et par mille perils serue en combustion
D'vne triste lumiere à leur perfection:
Et la gloire de Mars n'est iamais departie
Qu'au pris du plus beau sang & peril de la vie:
I'esmoüueray ça bas tous les enfers contr'eux
Pendant que leur vertu semble escheler les cieux.
     Au plus creux de ce lieu souz vne roche dure
De marbre sombre & noir, plus sombre & plus obscure
Se va tousiours cachant la face du Destin,
Les esprits par derriere en voyent bien la fin,
Mais les seuls immortels dont la veuë a passage
Au trauers de ce roch en voyent le visage.

Les heures les momens sont aupres de ce Dieu,
Qui luy tirent l'oreille & vont en chaque lieu
Porter ses volontez, l'vn reuient, l'autre aduance
Autant qu'on void, l'Esté, quand le Soleil eslance
Sur la belle Daphné ses regards plus ardans,
De fourmis mesnagers, les vns courre au dedans
De leurs noires maisons porter la greine prise,
Les autres en quester de l'vn qui les maitrise
Ils reçoiuent leurs rangs & leurs commissions,
Et le font disposer de leurs prouisions.

   A ces mots de Cesar, ce Dieu tourne la veuë
Qui d'vn mesme maintien est tousiours contenuë,
Son front qui ne reçoit iamais de changement
Ne d'alteration, semble sans mouuement
Insensible aussi bien que la roche prochaine,
A qui n'entendroit pas sa parole hautaine.

   Traitresse ambition, dist-il, qui d'vn poison
Corromps des beaux esprits la plus belle raison,
Donc le Stix, l'Acheron & le fleuue de Lethe
N'estaignent pas encor ton ardeur imparfette?
Tu es de ces Enfers la moindre deité,
T'es desirs sont plus grands que ta diuinité,
Si l'on doit appeller vne diuine essence
Ce qui le plus souuent ne rend qu'à l'impuissance,
Et tu oses encor emprisonner icy
Les esprits deliurez de leur humain soucy:
La mort à ja fermé leurs yeux que tu abuses,
Et qui semblent encor s'esblouir de tes ruses:

Leur ame clairement void d'vn diuin rayon,
Et suit la vanité de ton illusion.
Rien ne peut il caler le vent de tes furies?

   Non non Cesar non non. Les grandes Monarchies,
Comme toute autre chose ont aussi leur destin,
Et leurs commencemens ne courent qu'à leur fin,
Le poinct de leur grandeur se fonde en leur ruine,
Et le dernier degré de leur haute machine
Est le premier aussi de leur raualement:
La gloire des François leur plus bel ornement
Et leur perfection ne vise ainsi hautaine
Qu'au saut plus perilleux de l'audace Romaine:
Mais ce braue destin roule auecques le tems
Dans le cours resolu des astres dominans.

   Auant leur grand' vertu par tout si redoutable
Ne doit par l'Vniuers laisser rien d'indomtable,
Les autres ont paru braues & vertueux
Pour auoir estendu leurs bornes en cent lieux:
La vertu de ceux-cy sera leur Diadéme,
L'espoir de leurs Lauriers vaincra la vertu mesme:
Miserables sans plus en leur trop haut penser,
Ou pour ne laisser rien de braue à surpasser
Eux-mesmes se vaincront, leurs ames eschaufees
Dans leur propre despouille esliront des trophees,
Surmontans leur vertu que rien n'eust sçeu domter.

   On void l'vnique Oyseau ainsi se depiter
En fin de la longueur de son bien-heureux aage
S'armer contre soymesme, & de son beau plumage,

Et de ses plus beaux ans rien que par luy vaincus
Dresser tout frenetique vn trophee à Phœbus.

Henry dont les beaux yeux d'vne grace immortelle
S'embloient astres ouurans la lumiere nouuelle
D'vn heureux siecle d'Or, souz ce malheur cruel
Uerra mesmes forcer son diuin naturel.

Sa douceur qui couuoit la paix de sa coronne
Luy fut des le berceau rauie par Bellonne,
Qui esmeut ses subiets d'vne iniuste fureur
Pour l'armer malgré luy d'vn chastiment vengeur.

Lors combien de Lauriers deuancerent son aage?
Soymesme il se vainquit par son braue courage
Derobant enfançon la force & le conseil
Qui sembloient n'estre deubs qu'à son aage plus viril.
Son cœur qui se sentoit des son enfance tendre
Inuincible immortel, ne peut mesmes attendre
Le cours de la Nature, & iusques aux desers
Du froid Septentrion, qui sont tousiours couuers
De neige & de glaçons, il ouurit il enflame
Les plus barbares cœurs des vertus dont son ame
Leur paroissoit si belle: On veid ces peuples fiers
Sortir d'vn bout du monde ou ils sont les derniers,
Et rauis du renom de sa sage vaillance
Le rauir doucement dans le sein de la France,
Pour estre gouuernez d'vn Dieu qu'ils adoroient.
France en ploroit ainsi que les Graces ploroient
Le parfait Adonis, lorsqu'en ses plaines sombres
Diane le rauit pour commander aux ombres.

L'Amour de son païs le retira soudain
De ces glacez desers, souz un semblant humain
Il vient plus que deuant plein de celeste grace.
Vous diriez que d'autant que le François surpasse
Ces lourdes nations, il croist les raritez
De ses perfections de cent mille beautez.

    Mechante ambition chaude soif qui alteres
Au hazard perilleux des plus tristes miseres
Les plus subtils esprits, le patron qu'il traçoit
De ses belles vertus aux siens qu'il cherissoit,
Gasté de ton poison dans ces hautaines ames
Malgré luy n'alluma que de ialouses flames:
Ses belles actions ses beaux effets vainqueurs
Qui ne proposoient rien à ses imitateurs
Que l'admiration, le desir, l'impuissance,
Furent incontinent par ton outrecuidance
Suiuis de ialousie, & du venin plus noir
De la blafarde Enuie & vengeur Desespoir.

    Et puis le bel esclat & l'or qui enuironne
De ton chef plus brillant la sacree coronne
Chatouilla leurs desirs: le fer le feu & l'eau
Qui le font perilleux le leur rendent plus beau,
Les dangers eminens de leur folle ruine
Leur r'allument la flame où sa beauté s'affine.

    Ainsi, à ce grand Roy croissent dessus ses ans
Et dessus ses vertus ses trauaux violens:
Malheur qu'en enflamant les plus stupides ames
De ses perfections, contre ses douces flames

Il

Il voit des beaux esprits qu'il cherissoit bandez
Ainsi des plus doux traits de Phœbus debandez
Sur la belle Daphné se rebouchent les pointes,
Dont le plus bas Soucy recerche les attaintes.

Qu'il verra malgré luy de grans feux allumez
Dedans les chauds desirs de ses subiets armez
A leur propre ruine: vn leur chef infidelle
Souz le pretexte sainct d'vn religieux zele
Esmouuera l'Enfer, l'Acheron, les Fureurs:
Se trahistre pour cacher le fiel de tant d'horreurs,
Fardant son beau semblant de mille courtoisies
Et de mille vertus deguisant ses furies,
Adoré des mutins, ingrat, felon, cruel,
Attaquera la guerre a son Roy naturel:
Son Roy dont les bienfaits, l'Amour, la bienueillance
Surmontent ses fureurs dedans sa conscience:
Mais rien ne peut domter l'appetit de regner.

Ce tygre sans rougir constant verra bagner
France en son propre sang, Loire & Drosne escumantes,
Du cours de cent torrens qui des plaines sanglantes
Sourdent a gros bouillons de cent mille beaux corps
N'estaindront pas le feu de ses haineux effors,
Chetif qui veut passer aux riues Auernales
Sur des fleuues de sang ses Enuies si palles.

Populace farouche, inepte, sans aduis,
Monstre inconstant, horrible, insensé, qui ne vis
Que de desirs nouueaux, d'erreurs seditieuses,
De mutines fureurs, de piques dangereuses,

C

Sans force, Mais helas dont le cœur n'est que fiel,
Tousiours entrepreneur, qui pousses iusqu'au ciel
Ton aigreur ta menace, & veux perdre la vie,
Bien souuent sans sçauoir raison de ta furie:
Chimere achariastre, & dont la passion
Ne sçait pas son vouloir ne son opinion:

O Monstre tu feras que la fortune fiere
Vaincra son propre espoir, & verra le derriere
De ce trop grand Henry. Lors souz les sombres nuits
De ses calamitez tout aueuglé d'ennuis
Il dressera le poinct de ses fieres batailles
Contre son propre sang & ses cheres entrailles,
Le plus ieune Henry dont vn esprit ne peut
En vn langage seul dire tout ce qu'il veut:
L'vniuers ne comprend sa parfaite excellence,
Et vn monde ne peut la mettre en euidence.

On tiendra pour vn tems que souz les durs assaux
De ce premier Henry accablé des trauaux
Dont seul il va portant tout le faix de la guerre
Il sera succombé, & que la froide terre
Possede son beau cors & le ciel son dessein:
Mais comme vn astre clair qui se couche soudain,
Et tout soudain se leue auecq plus de lumiere,
Lance de froids glaçons dedans l'ame meurtriere
Des voleurs estonnez, dont la veuë ne suit
Que le brun sans couleur des tenebres de nuit:
Ainsi de ce faux bruit la nuë esuanouie
Par la double clarté de deux flambeaux vnie

Le fera voir plaisant ainsi que les rayons
D'vn beau Soleil naissant qui lance au cœur des bons
La ioye & la clarté, & aux ames meschantes
Dissipe les desseins de leurs proyes sanglantes.

Que ces deux Rois vnis feront de beaux exploits,
D'admirables desseins, d'effors, combien de fois
Le reflus de Thetis par horreur escumante
Repoussera le cours de la Seine sanglante!

Comme deux feux ardans espris en diuers lieux
De chacun son costé bruyans audacieux
Courent l'vn contre l'autre en des brueres seches,
Et leuent assemblez iusqu'au ciel leurs flammeches:
Ces Monarques vnis, ces clairs flambeaux diuers
Donneront assemblez lumiere à l'vniuers.

Mais bien que despouillé de ton humeur mortelle
Tu ne respires plus qu'vne vie eternelle,
Il ne m'est pas permis de te dire le cours
De mes conseils prescripts: de ce caché discours.
La seule deité qui les autres domine
Me monstre le secret & comprend la doctrine.

Modere seulement ton courroux intestin
Et apren d'obeir librement au destin
Qui peut tirer à soy ta volonté contrainte,
Et pour mieux adoucir ta ialouse complainte
Voy de ce tiers Henry la braue ambition.

Ce chaud fusil de guerre & de sedition
Fait souz le faux semblant d'vne apparence belle
De la meilleure cause vne iniuste querelle,

C ij

Voy Mars, Pluton, Discorde, & les fleaux inhumains
D'enuie & de remors meslez dans ces desseins.
    A tant ce teut ce Dieu & ces derniers mots passe
Dans sa noire cauerne ou il cache sa face.
    Cesar se retira tout depit grommelant,
Et pressant dans son cœur son courroux violent.
    Mais ce braue Lorrain, dont l'ame ambitieuse
Ne borne des perils d'vne mort furieuse,
Ne des courroux du ciel ses plus dures fureurs
Tramoit dedans Nancy le fil de nos malheurs,
Allumoit çà & là au cœur de ses gensdarmes
La flame de la guerre & la rage des armes
Qui si violemment bruloient par tout son cors.
    O mes chers compagnons, Soldats, dont les effors
Bastent à mes desseins, disoit-il, dont l'audace
Et le pouuoir esgal toute chose surpasse,
Iusqu'à quand voulons nous endurer tant d'affronts?
C'est trop temporise & plus nous attendrons
Plus croist nostre malheur! La fortune nouuelle
Des rollons de sa roüe a construit vne eschelle
Pour nous monter au ciel de nos prosperitez,
Elle change desia si nos cœurs indomtez
Ne se hastent soudain l'occasion ne tourne
Iamais dessus ses pas & iamais ne seiourne.
    Suiuons notre fortune aduançons nous Guerriers
Mars est dedans nos mains: Non ie voy des Lauriers
Qui bouttonnent au haut de nos lances meurtrieres,
Et blament la longueur de nos dextres guerrieres

Le ciel nous bat l'alarme en ces bruyans esclats,
Nos cheuaux remuans hannissent les combats,
Il escument la rage & la fumee noire
Par ou il faut trouuer notre claire victoire.

Animez vos desirs de colere, d'horreur,
De sang, de cruauté, de meurtre & de fureur,
Qu'attendez vous Soldats? vos ennemis si lâches
Sur votre patience anticipent brauaches
Les honneurs, les grãdeurs, & les beaux thesors deuz
Aux valeureux effets de leurs belles vertus.

Ils ne vous ont laissé que dix mille trauerses,
L'exil, la pauureté, & les peines diuerses
D'escorter çà & là, mes trauaux, mes perils,
Qui d'vn desir vengeur rongent vos beaux esprits:
Donnons donnons dedans & nous ouurons la Frãce,
Auec le coutelas & le fer de la lance:
Finissant ce discours. Il se met en auant
A course de cheual, & deuance le vent,
Semblable à vn torrent qui emporte & saccage
L'espoir du Laboureur, & par son long rauage
Rouist le bel esmail dont les prez estoient beaux.

Le ciel sembloit obscur s'escouler en ses eaux,
Le tonnerre grondant d'vn horrible murmure
Pesle-mesle sembloit confondre la Nature:
Car à voir les esclairs dans la pluye allumez,
Ces feux continuels sembloient bien enflammez :
D'vn contraire element leur nourriture prendre
Les Soldats estourdis ne se pouuoient entendre

C iij

Au secours l'vn de l'autre *et* tomboient renuersez
Du bruit de la tempeste *et* de l'onde cassez:
Les cheuaux effrayez du bruit de ces alarmes
En bronchant çà *et* là culbutoient les gensdarmes,
Tout l'ost estoit vaincu. Et cedoient mollement
Plus deuots que guerriers au iuste chastiment
De la diuinité, dont la forte Iustice
Sembloit rompre le cours de leur dure malice.

    Mais cest ambitieux comme vn Aiax ardant
Qui accablé de flots despite le trident
De Neptune en colere: Ou bien comme vn Tidee
Qui veut mesme arracher la flame debandee
Contre son chef damné des mains de Iuppiter,
Depitant ces assauts que mesme il veut domter,
Poursuit enuenimé sa fureur enragee,
Et vient audacieux en la France plongee
Au sang de ses enfans comme vn Neron nouueau
Rendre par mille morts funeste son tombeau.

    Cruel qui apporta dans le sein de sa mere
La desolation, la pitié, la miseres,
Et tant de cruautez, qu'en vn pais conquesté
Vn Turc auroit horreur de tant de cruauté.

    Et la sedition par ses feux allumee
Encor apres sa mort des peines de Cadmee
Tourmête son grand Roy, qui va deffaire en bref
Les viperes François pullulans de son chef.

Fin du Discours de la guerre Ciuile.

SVITTE DV PRECE-
DENT DISCOVRS SVR LA
MORT TRESREGRETTEE DE
HENRY III. Roy de France
& de Polongne.

A MADAME D'ANGOVLESME.

M AI S *la voix me deffaut & mon ame treblante*
Entre le defefpoir & la mort halletante
Demeure en pafmoifon, mon efprit abbatu
De mes propres foufpirs, extatique, efperdu,
Refte fans flair, fans poux, mille larmes funebres
Me viennent offufquer les deux yeux de tenebres:
Vn orage s'efleüe au cours de mes deffeins,
Mon bel aftre eft couché, les rochers inhumains
M'empefchent fes regars, & font ailleurs reluire
Ce beau iour dont les nuits me font nuits de martire:
Ha quelle eftrange horreur! A ce coup mes ennuis
Emportent ma raifon, ie ne fçay que ie fuis,
Vn froid eftonnement & vne chaude rage
Pouffent inconftamment çà & là mon courage:
Tout le corps me chancelle & droit deffus le cœur
I'ay vn glaçon brulant d'vn chaud defir vengeur.
Helas ô grand Heros, le Pean de victoire
Que ie chantois defia fur la frefche memoire

De vos braues combas, se change en vn clin d'œil
Aux lamentables vers de nostre commun deuil.
O Dieu pardonnez nous: nos cruelles offenses
Meritoient ce dur coup de nos iustes vengeances,
Mais tout vn peuple helas, n'estoit pas assez fort
Pour porter iusqu'au ciel vn si penible effort.
Seul ce François Hercule auoit en son courage
La patience egale à vne si grand' charge.
Pardonnez nous grand Roy, encores sommes nous
Assez bien chastiez d'estre priuez de vous:
Le malheur general de votre froide lame
Rend comme votre cors, toute France sans ame:
Qui pourroit viure helas? La vie d'vn bon Roy
Meine quand elle part ses subiets comme soy:
Nous vous debuons escorte & nostre foy iuree
Si nous vous delaissons est fauce & pariuree:
Nous vous suiuons grand Roy tant que l'affection
Peut faire des esprits vne estroite vnion.
Separez seulement de la grâce benine,
Et de tant de bon-heur dont la bonté diuine
Vous comble, & nous en priue, en vous tirant là haut
Auecques vos lauriers dont l'honneur nous deffaut,
Auecques notre espoir que vos vertus emportent,
Separez en cela que nos pechez supportent
Mille calamitez, & que bien loing du mal
Vous souspirez vn siecle à vos bontez egal.
Ce qui reste de bon dans la France perduë,
Rauy de vos vertus iusques contre la nuë

Pousse

Pousse ses beaux desirs de voir encor vos yeux,
Et vous ioindroit sinon qu'on luy ferme les cieux:
Semblable au papillon qui fretillant de l'aile
Contre vn cristal luisant, raui d'vne chandelle
Qui luist de l'autre part, sen gesne à la clarté
Par faute de puissance & trop de volonté.

    Mais quelle triste horreur quelle execrable rage!
O esprit frenetique ardant à ton dommage!
Quelle sotte fureur! quel desir de mourir
Te fait tuer ton Roy, qui te veut secourir
En ta sotte manie? O furie obstinee
A la perdition qui t'estoit destinee.
Tu as tué ton Roy de peur qu'il te sauuast,
Tu as fait ce coup trahistre afin que l'on trouuast
Sur vn fait si hideux, horrible & detestable
Assez de maudissons sur ton cors miserable:
Et afin que l'Enfer dessus ta cruauté
Modele vn chastiment de ta mechancété.

    Descillez vous les yeux ô aueugles infames
Non plus hommes François mais bien françoises femmes,
Que la credulité, l'inconstance & le vent
D'vne nouuelle erreur va soudain deceuant,
Que la religion rend superstitieuses,
Le danger sans vertu, l'espoir seditieuses.

    Descillez vous les yeux que vous auoient bouchez
A vostre propre bien ceux qui vous ont preschez:
Voyez leur saincteté, voyez quel est leur Zele:
Rien que meurtre que sang & que fureur cruelle

D

Ne guide ceste ardeur de leur deuotion,
Qu'ils masquent finement de la religion.
    Il ne faut pas broncher en la loy de nos peres,
Et nos afflictions, nos humaines miseres,
Doiuent seruir d'espron à nos cœurs vitieux
Pour les faire courir au trac de nos ayeux:
Mais l'Eglise iamais ne receut d'accroissance
Par le tranchant du glaiue ou le fer de la lance.
    Celuy dont le beau sang pour lauer le peché
Des humains corrompus fut en terre espanché,
Pouuoit couurir les chams de troupes Angeliques,
Et noyer l'heresie au sang des heretiques:
En refaire vn deluge, & sur les plus hauts rocs
Faire rougir les airs de ces horribles flots:
Les perdre & foudroier d'vn esclat de tonnerre,
Ou leur faire faillir dessouz leurs pieds la terre.
    Au contraire il s'en vint tout piteux les sauuer
Aux despens de sa vie, il les veut conseruer,
Il deffait son beau corps pour leur bastir vn temple,
Dont leur dictant la loy il leur monstre l'exemple.
    O beau temple animé de la diuinité,
Qui as pour fondement toute l'eternité
Pardonne à mon desir: Non i'ay trop peu de grace,
D'haleine & de poumons au pris de mon audace:
Ie n'en puis dire assez, Mais helas mon debuoir
Et mon desir vnis emmenent mon pouuoir.
Ie ne pais mon dessein d'vn espoir impossible
Mais parmi ces discours il ne m'est pas loisible

Vous taire, & vos amours, & ne dire combien
A nos tristes malheurs vous recellez de bien:
Il faut que ie le die au peril de ma honte
Si ie suis temeraire vn beau feu me surmonte.

Helas quel plus beau feu que cil qui descendit,
Embraser allumer l'Amour du sainct Esprit
Aux douze cœurs vnis que la vertu transmise
De notre Dieu planta pour piliers de l'Eglise.
Tousiours auant le temps de notre humanité
L'Eglise estoit l'Amour de la diuinité:
La parole de Dieu l'esprit, l'intelligence,
Trois grandes deitez en vne simple essence
Soupiroient des desirs mesmes indiuidus
En l'amour mutuel de leurs propres vertus:
Vertus dont l'vnion en vn mesme estre enclose
N'estoit qu'vne vertu & vne mesme chose.

Ceste vertu crea sur l'vniuers nouueau
L'homme pour commandeur: La comme en vn tableau
Soymesme ell' se veut peindre & pour sa portraiture
Ell' ne veut rien mirer que ceste Eglise pure
Cet Amour sainct & beau: Tout homme qui l'a tel
Fils bien-aimé ressemble à son pere immortel.

Mais helas notre chair qui ressentoit la terre
Dont elle fut bastie, en vne iniuste guerre
Surmontant la raison, tourna l'Amour en fiel,
Et renuoia soudain l'Eglise dans le ciel.
Le discord & la guerre & la mutine rage
Incontinent par tout desfigurent l'image

D ij

La beauté, la douceur de la diuinité
Rien que feu rien que sang, ceste capacité
D'estre les fils de Dieu, la fureur la surmonte,
Ce n'est qu'vn desespoir vne crainte vne honte,
Nature abhorre & craint ceste belle vnion,
Comme vn dur changement à sa corruption,
Nature est vn discord, & sans espoir perdue
Desassemble ses os, sa chair est despourueüe
De toute liaison, pauure elle n'a plus rien
Que Dieu puisse aduoüer & recognoistre sien,
Et se plaist en perdant ceste marque diuine
De retenir sans plus l'espoir de sa ruine.

  Voiez foibles humains quelle estrange amitié
La diuine grandeur nous monstre en sa pitié,
D'vne sotte fureur nos ames eschauffees
A offenser son cœur remportent des trophees
De sa douce bonté. Pour changer nos desseins
De Dieu il se fait homme, afin que les humains
D'hommes se facent Dieux, il vest notre ruine
Afin que nous l'ornions de sa vertu diuine.

    O vertu qui as fait que nôtre humanité
Seroit capable encor de ta diuinité
Fay que ma voix humaine auiourd'huy soit capable
De la diuinité de ta loy veritable:
Que mon œil puisse voir & prendre en ton Amour
L'exemple que ça bas tu nous traçois vn iour:
Que ie die aux François auecq quelle folie,
Et de quelle impudence, & de quelle furie

Ils rouent le cousteau, & de sang eniurez
Ils tirent à garend les preceptes sacrez
De la religion. O ames infidelles
Plus qu'à vos ennemis, à vous-mesmes cruelles
Cent & cent mille fois, votre religion
Est vostre iugement & condemnation:
Vous prenez à tesmoing de vos fureurs depites,
Meurtres, assasinats, rebellions maudites
Ce qui les vous deffend, & d'vn siecle eternel
Propose à vos fureurs le chastiment cruel.
  Voyez que vos desseins combatent l'entreprise
Que fist notre Seigneur pour nous bastir l'Eglise!
Il la bastit d'Amour, en supportant pour nous
Des douleurs des trauaux des tourmés & des coups
Sa mort nous l'establit, helas & il endure
Pour nos iniquitez, ce que notre Nature
Trop foible ne pouuoit porter de chastiment,
Sans vn total abisme & vn renuersement.
  Las nous donner le bien de son propre merite,
Prendre & souffrir le mal de notre demerite
Enseigne que l'Eglise est en l'affection
De la diuinité vne extreme vnion,
Vn courage sans fiel, vne ame charitable
Qui se plaist à porter l'ennuy de son semblable:
Qui adore son Dieu d'vn cœur deuotieux,
Et ayme son prochain comme ses propres yeux.
  Regardez donq' François pour quelle feinte Eglise
De tant de cruautez vous tramez l'entreprise,

Quant vous vous embrasez de rages, de fureurs,
De sang, de cruautez, de meurtres & d'horreurs
Pour garder votre Eglise, Alors ames volages
Vous faictes tout ainsi que ces mutins courages
Qui vaincus de colere, aimerent mieux iadis
Dedans leur propre flame estoufer leurs espris,
Leur ville, leurs thesors, qu'auecques moins d'audace
Receuoir d'vn doux Prince vne plus douce grace.

　　Vous brulez dans la rage au lieu de vous sauuer
Dans la douceur de Dieu, au lieu de vous lauer
Dans son sang precieux, vous vous noyez les ames
Dans le sang innocent & parmi tant de flames,
Votre Eglise s'en va comme vn feu vif & chaud
Qui a le ciel pour but quand l'entretien luy faut.
La peur vous fait sortir de votre arche diuine,
Et fuyez vn danger dessus votre ruine.

　　L'Eglise est vn Printemps qui doux & gracieux
Orne de fleurs la terre & de clartez les cieux,
Qui ne peut endurer la dure violence
De l'Hiuer ou du chaud, la superbe arrogance
Est ce vent furieux dont les trop froids soupirs
N'y peuuent penetrer, Mais seuls les doux Zephirs.
La palle trahison & l'enuie blasarde
Sont la glace & l'horreur qu'oncques il ne regarde:
La haine, le courroux, le despit qui nous point
Sont ces feux de l'Esté, dont il n'aproche point.

　　Et l'Eglise est encor l'Estoile gracieuse,
Que la premiere au soir l'on appelle amoureuse,

Qui chasse les fureurs du Soleil tout brulant,
Et allume la nuit d'vn feu doux & brillant:
Astre de ces Amours dont les flames diuines
Ont leurs effets ça bas, au ciel leurs origines,
Leur versant sans cesser par constellation
La nourriciere humeur de leur douce vnion:
Et qui se cache au ciel lors que l'humeur diuerse
Des tonnerres grondans s'en vient à la trauerse:
Le repos de nos iours, & de nos nuits le iour,
Et bref l'Eglise n'est rien qu'vn parfait Amour.

    De ce celeste Amour la flame ardante & clere
Nous rend incorporez en la vraye lumiere
De la diuinite, commen l'on void mesler
La lueur des flambeaux que l'on vient assembler
Bien proche l'vn de l'autre, & hors de ceste Eglise
Le manquement d'Amour tout soudain nous diuise
Comme l'vn des flambeaux dont la cire a fondu
Tombe soudain en cendre aux tenebres rendu,
Ainsi manquant iadis de cest Amour celeste
Maint Ange trebucha dedans l'horreur funeste,
Les fureurs, les tourmens, que l'enfer a pour ceux
Qui chassez pour iamais perdent l'espoir des cieux.

    Auant, cest escadron en troupes innombrables
Surmontant de Flora les beautez dissemblables
Raui de cest Amour par ce desir commun
Dans ceste saincte Eglise auec Dieu n'estoient qu'vn
Moindres pourtant helas si cela ce peut dire,
Comme ces petis feux que nous voyons reluire

Dessouz les claires nuits cedent à la beauté
Du Soleil qui leur donne vne foible clarté.
Ore' ils ont aux Enfers en leurs forceneries
A leur gré des discords, des haines, des Enuïes.

Mais cest amour est tel que Dieu nostre grand Roy
Montant au ciel sans plus le nous donna pour loy.

Aymez vous, disoit-il, d'vn Amour mutuelle
Comme ie vous aimay, par l'obseruance belle
De ceste saincte loy, desormais on verra
Qui sera mon disciple, ou qui ne le sera:
Quiconque m'aymera de toute sa pensee,
De mesme charité aura l'ame poussee
A aimer son semblable, & le cœur endurcy
Qui ne le peut aimer, ne peut m'aymer aussi.
O meschans Aueuglez, escoutez la parolle
De vôtre createur, las ce soupçon friuole
Qui vous trouble les sens, & vous brouille les cœurs
De vaine frenezie, & Paniques terreurs
S'appaisera soudain, dans sa doctrine exquise
Vous trouuerez heureux vne inuincible Eglise.

Ceste Amour, ceste foy, dont la diuinité
Propose aux siens l'espoir de l'immortalité
Domte en obeissant les puissances humaines:
He quelz plus beaux lauriers que de vaincre ses peines,
Ses douleurs, ses trauaux songeant que son esprit
Se forme brauement sur la vertu de Christ?
Admirable vertu, qui fait d'vn doux eschange
L'ennuy felicité, & le pecheur vn Ange.

                                    Voila,

Voila, meschans, l'Eglise & la religion
Où se doit embraser votre deuotion.

Regardez vrais François quels monstres effroiables
Au contraire ont produit leurs erreurs detestables!
Considerez vn peu quel stratageme hideux
Renuerse la Nature & l'Espoir de nos yeux!

Regardez vostre ROY dont le front honorable
Portoit sur ses doux yeux vne peur redoutable
Contre ses cœurs meschans. Ce Roy dont les vertus
Comme les monts d'Aymant à nos yeux esperdus
Monstroient asseurément le vray chemin des Astres,
Affin de les guider en ces mers de desastres:
Et qui mesme en ses yeux monstroit ses beaux gemeaux
Qui pouuoient nous sauuer du naufrage des maux.

Voyez ce grand Heros dont l'ame catolique
Toute de crainte en Dieu, toute braue, heroïque,
Et toute d'asseurance aux choses d'icy bas,
N'auoit son grand pouuoir borné que de ses bras:
Qui seul, veillant esprit d'vne inombrable armee
Faisoit à son vouloir, d'vne course animee
Marcher & retenir vne forest de dars,
De lances & des pieux: qui d'autant de soldars
Poussoit le mouuement, Comme on dit que Protee
Sçait manier de flots sur la mer agitee:
Qui portoit en ses mains l'Egide menaçant,
Dont Iupiter l'arma, pour le rendre puissant
A rompre & foudroyer tous ces esprits rebelles
Qui offensans leur Roy de fautes immortelles,

E

S'attaquent mesme à Dieu, qui dans les yeux des Roys
Nous monstre son portraict, sa puissance & ses loix.

Las ce grand Roy vainqueur en sa troupe ennemie
Ne trouuant resistence, hors mis la frenesie
L'acharné desespoir, l'opiniastreté
D'vn desir de mourir en leur mechanceté.

Voyez le ie vous pry' monté dessus le feste
Des humaines vertus, le pied dessus la teste
De ces desesperez, tout doux & tout humain
Afin de les leuer, leur donner vne main.

Dedans l'autre il auoit mille cousteaux funestes,
Le foudre, le Tonnerre, & les flames celestes
Que Dieu luy enuoyoit, pour punir ces meschans,
Car les Roys sont de Dieu les glaiues bien tranchans.

Regardez sa pitié trop douce & debonnaire,
Il retenoit le coup de sa iuste colere,
Il leur offroit la paix. Helas ils ne pouuoient
Respirer dessouz luy, ses genoux leur pressoient
La gorge & l'estomach, sa main victorieuse
Haussoit le coup certain de leur perte honteuse.

Mais la paix desplaist trop à leurs cruels desseins:
Quand la force leur faut, à eux mesme inhumains
Leur triste cruauté d'vne rage execrable
Dans leur propre tombeau trouue vn obiect sortable.
Ils ayment cent fois mieux cruellement mourir,
Que voir sans cruauté leur cruauté finir.

Ilz ne respirent rien qu'vne horreur si cruelle,
Qu'ils veulent renuerser leur mere naturelle

Dessus leurs propres os, s'en rompre & fracasser,
Pourueu qu'en ceste cheute ell' se puisse offencer:
Sansons trop aueuglez dont la fureur machine,
Esperans perdre autruy leur certaine ruine.

Or ils prennent pour chef de leur malheur fatal
Souz le masque d'vn moine vn esprit Infernal,
Comme de sublimé le Sorcier sçait emplire
Le morceau desiré de ceux qu'il veult occire:

Le Roy qui auoit plus à sa religion
Qu'à son Sceptre d'Amour & de deuotion,
Fut surpris, tout ainsi qu'vne loy captieuse
Surprist de Daniel l'ame religieuse,
Comme les oisillons sont finement surpris
Par l'appeau desiré de leurs propres petis:
Ce moyne pour trahir dans sa parolle caute
Deploya tout l'appast d'vne ame bien deuote.

Tous les Enfers bandez contre ce grand Henry,
Pource qu'il estoit trop des Cieux le fauory,
Qu'il recerchoit la paix, & dans leurs antres sombres
Retenoit par douceur la descente des Ombres
Coniurerent ensemble, & à ce monstre helas
Donnerent d'Alecton la furie & le bras:
De leurs pires fureurs & de leurs rages pires
Ils luy font son desir plus fureur que les Dires:
Cerbere en enrageant le germe en escuma,
Erynnis le receut, trahison le forma,
L'horreur, le desespoir, auec la frenesie
Firent veoir aux François ceste triste furie.

E ij

Vous auez veu ce Roy comme vn terrible Mars
Entre les rangs preſſez d'vn monde de ſoldars
Plus haut, plus eſleué, ainſi qu'vn cerf volage
Entre de petits Dains eſleue ſon ramage,
Qui ſembloit menacer d'vn port audacieux
Offrir à ſes haineux la douceur de ſes yeux.

Regardez au contraire vn petit ver de terre,
Vn moine, qu'au deſert la pauureté reſſerre,
Qui deuoit ignorer tout fors la charité,
Le ieuſne, l'oraiſon, & ſon auſterité,
Qui ne deuoit ſçauoir ſi l'on forge des armes
Pour offenſer nos cors: A qui les ſaintes larmes,
Dedans la ſolitude, en contemplation
Deuoient mouiller ſans ceſſe vne contrition
Des pechez de ce monde, & des humbles prieres
De ſupporter ça bas nos humaines miſeres.

Vn moyne qui deuoit touſiours enſeuely
Dans le meſpris du Monde, en ſouſpirer l'oubly:
Au contraire enragé, d'vne furie horrible
Oſer, helas! vn coup qui ſembloit impoſſible,
Impoſſible vrayment, Si Megere en depit
Des vertus de Henry n'euſt veſtu ſon habit.

François ouurez les yeux & plaignez vne choſe
Où le Soleil tranſſi tint la paupiere cloſe
Deteſtant pour iamais de la Seine les flots
Comme le vent Zephire (&) l'hoſtel de Pelops.

O Siecle renuerſe, Sa Majeſté frapee
D'vne iuſte douleur, la vengeance, l'eſpee,

Et le foudre en la main, tout doux pardonne à ceux
Qui l'auoient offensé: & le plus abiect d'eux
Receuant le pardon de la Royale dextre,
Luy fiche le cousteau de sa traistre senestre.

Miserable meschant, las tu as abbatu
Le pilier, le soustien de l'humaine vertu:
Ceste belle colomne en tombant sur la France,
Y laisse aussi tomber la diuine vengeance,
Seul il la retenoit, comme d'vn roide bras
Hercule retenut la ruine d'Atlas:
Et en se renuersant, ta premiere ruine
Commence vn large cours de la fureur diuine.

Si tu eusses trouué vn tyran qui en peur
Eust eu mille rempars de soupçon dans le cœur,
Et mille surueillans, pour faire en mainte sorte
Fouiller tous les endroits de ta robe à la porte,
Le coup de ton dessein se fust esuanoüy
Dans ta meschanceté, comme le feu füy
Qui fauce emorche fait, trahist la main armee
D'vn nocturne assassin, & s'enuole en fumee:
Mais la douceur du Roy seule donna l'effort
A ton lache courage & à sa dure mort.

Tu fusses mort de peur, si d'vn œil en colere
Il t'eust alors monstré ceste face guerriere,
Ce front audacieux, tel qu'il estoit le iour,
Qu'il fist rougir de sang les chams de Moncontour.
Et tel qu'il se monstroit à ce peuple rebelle
Qui tenoit contre luy les murs de la Rochelle.

E iij

Tel qu'il estoit encor à Iarnac, Ia Zeneil,
Et mille & mille lieux ou son cœur nompareil,
D'vne emulation, combatoit pour la gloire
Entre ses grans guerriers, comme pour la victoire.
　Mais helas tout benin piteux il ne pensoit
Qu'à t'oster du danger, que ton cœur luy brassoit.
Sa vertu l'assuroit, & son ame royale
Iugeoit sur son desir ta pensee Infernale.
　Aussi au cœur ouuert de son affection
De ton damné complot tu pris l'occasion,
O deuin Infernal, tu pris ton bon presage
Sur l'affable rayon de son riant visage,
Le point, l'effet, le coup de ton forcenement
Fut, horreur & pitié, son doux embrassement.
　Bref tu occis ton Roy, qui n'auoit Iniustice
Sinon qu'il te sauuoit à tort de ton supplice,
Il te fait tort encor, t'arrachant le cousteau,
De touurir si soudain le desiré tombeau:
Tu meritois soufrir entre les dens cruelles
De Serpens & de Loups, mille morts eternelles,
A chaque moment vne, à ta vie attaché
Autant d'ans que de mors merite ton peché,
Parricide, Inhumain, Sacrilege, Ame d'ire
Tu meritois soufrir les tourmens de Busire,
D'Enfer, de tout le Monde: He mais encor ton Roy
Continue à ta mort la douceur de sa loy:
Il ne se venge pas, seulement il t'euite
Le cruel chastiment que ta rage merite.

Enfers qui nous donnez tant de triftes douleurs,
Donnez nous doncq' auffi, pour nous fournir de pleurs
Le Stix & l'Acheron: Mais non l'aides furies
Le Ciel digne de luy nous verfe affez de pluyes.

Les Graces, les Amours, & les Mufes auffy
Monftrerent de fa playe vn merueilleux foucy:
De leurs diuines eaux les Mufes la lauerent,
De leurs propres bandeaux les Amours l'effuyerent,
Les Graces y mettoient du baume fi diuin,
Qu'autant comme il voulut il retarda fa fin.

Sa fin qu'il prolongeoit feulement pour nous dire,
Qu'à fa belle clarté qui ne pouuoit plus luire,
Il faifoit fucceder fon frere, fon Pollux,
Pluftoft que fon Royaume, heritant fes vertus,
Dont ainfi qu'vn Caftor en les luy voyant fuiure,
Encor apres fa mort il efperoit reuiure.

Mon frere, difoit-il, le Ciel ores plus doux
Appaifera l'aigreur de fon iufte courroux,
Et mon Ame la haut deffus la pauure France
Que i'ayme & cheris tant, verfera l'influence
D'vn fiecle bien heureux, combien que mille flots
Vous repouffent encor du port de ce repos,
Fortune vous rira: Croyez moy, car ma vie
A s'approchant de Dieu l'efprit de prophetie.

Mais parmi fes faueurs, gardez de fubmerger,
L'Infolence nous perd autant que le danger,
Dans la profperité fe trouue du dommage,
Par tout à le bien prendre, il y a du naufrage.

Que la crainte de Dieu domine vos defirs,
La vertu vos effets, & l'honneur vos plaifirs:
Rendez vous aux meschans terrible & redoutable,
La douceur comme à vous leur feroit dommageable:
Soyez promt à pardon, & tardif à courroux,
Le Ciel toufiours benin fans ceffe deffus nous
Coule vne douce humeur, la grefle & le tonnerre
Se forment dedans l'air des vapeurs de la terre.

Saturne & Iuppiter que vous reprefentez
Sont d'vn cours bien tardif mollement agitez,
Les autres petis Dieux qui moindres obeiffent
A leur pouuoir plus grand, hors d'haleine finiffent
Prompts & precipitez, leur courfe en peu de tems.

Seulement ces grans Roys ces Aftres dominans
D'vn pas graue & compté vont tournoyans la Sphere,
Brillans fans vehemence vne douce lumiere,
Donnent ordre par tout, car en ne fe haftant
Ils s'aduifent de tout, & tout leur eft baftant,
Ils difpofent le tems, les heures, les iournees,
Et meinent la fageffe auecq' les deftinees.

Rien ainfi n'eft ça bas impoffible à vn Roy,
Qui comme ces grans Dieux meine toufiours la loy,
La prudence & l'aduis, & rien ne precipite
Sans raifon, fans confeil d'vne ame trop depite.
Viuez heureux Achille, & ce cœur indomté
Toufiours comme l'efpee ait Pallas au cofté.

Non, ie meurs bien heureux, pourueu qu'apres ma vie
Ennemy des flateurs vôtre ame ne varie

Ennemy

En ſes belles vertus: & que touſiours des cieux
Ie voye en liberté le cours deuotieux
De notre ſainte Egliſe: Helas deſſous ſon voile
Mes peruers Ennemis on ſçeu ourdir la toile
Qui vient enueloper mes os dans le tombeau,
Mais ie leur fay pardon. Leur viperin flambeau
Conſumera luy meſme auant peu de iournees
Ceux qui auront gardé leurs ames obſtinees.

    Tout ſe proſternera deſſous votre mercy,
Souuenez vous à lors de mon cœur adoucy,
Pardonnez aux fureurs & au vengeur ſupplice,
Obuiez ſeulement au mal par la Iuſtice,
Faicte exemplairement chaſtier les meſchans,
Mais qu'vn vengeur courroux ne domine vos ſens,
Accourez au deuant de ceux qui ſe repentent,
Et que touſiours aux bons vos douceurs ſe preſentēt.

    Soiez des Mandians l'Aſile & le ſupport,
Bien que ce ſoit l'vn d'eux qui me donne la mort,
Leur ſainte inſtruction, leur ordre Monaſtique
Tient le chemin heureux d'vne ame Catolique,
S'ils prennent par erreurs des ſentiers egarez,
S'ils ne ſuiuent les pas de leurs peres ſacrez,
La faute en eſt à eux, & non à leur doctrine,
Leur ſalut eſt pierreux aiſee eſt leur ruine.

    Reformez leurs abus, des Preſtres, des Prelats,
Tondez ce ſainct troupeau, mais ne le tuez pas:
Chaſtiez les meſchans auec le bras d'Aſtree,
Mais que des bons la troupe en ſoit lors ſequeſtree,

Chastiez les meschans, mais ne touchez sinon
Leurs partiaux meffaits, non leur religion.

　Honorez la Iustice, & en faite vn bras dextre,
Caressez la Noblesse, & qu'ell' soit le senestre
Soulagez votre peuple, & que votre pitié
Fonde son grand pouuoir dessus son amitié.

　Et toy France ornement des Roiaumes du monde,
France en tant de vertus heureusement feconde,
Malgré la fauce tige & les chardons poignans
Qui vouloient surmonter tes beaux lis blanchissans.

　France ma douce mere, a qui dès mon enfance
Ie donnay des Lauriers de ma ieune vaillance,
Dont i'appuiay la main de Sceptres estrangers,
Et que ie coronnay de Myrthe & d'Oliuiers.

　Ne plore point ma mort, non ie ne la regrette
Te recouurant ta perte ainsi qne ie souhaite,
Vn fils, qui tout vaillant, tout bon, sans fard, san fiel,
Te donne son Amour, & son espoir au ciel,
Mais c'est sans en mentir, la Roiale parolle
Doit tousiours estre vraie & graue & non friuole.

　Transfere luy l'Amour, la Loiauté, la Foy
Que me gardois si bien, lors que i'estois ton Roy:
Car tu n'es pas la mere à ces ames bourrelles,
Qui m'ont assasiné & me sont infidelles.

　Aime le & le cheris, & reuere ses yeux
Comme Astres influans vn siecle bien-heureux,
O ma France croy moy, mon ame catolique
En approchant du ciel est toute prophetique.

Les *Astres* defaudront, & ne bornerent pas
Sa guerriere conqueste, & ses braues combas:
Il estendra ton Sceptre outre les buts d'*Hercule*,
Ces exploits de *Bacchus*, & la derniere *Thule*,
Prince tout genereux à qui *Minerue* & *Mars*
Donnerent au berceau la constance & les dars,
Il a tout esprouué le trauail, la misere,
Et la necessité sur son ame guerriere
Ont fait dix mille efforts, il void le mal le bien
Deuant ses yeux sans nuë & n'en ignore rien.

Teuple cent fois heureux, dont le *Roy* sans malice
Voit sans voile l'horreur, & la laideur du vice:
Qui a senti combitn vn homme est tourmenté
De cruelles douleurs en la necessité,
Cela vous comble d'heur, car vne ame *Chrestienne*
Plaint mieux le mal d'autruy quand elle en sçait la peine.

France vy pleine d'heur, bien content ie me meurs,
Puis qu'en viuant ie seché, & en mourant tes pleurs,
Semblable à ce beau feu, qui nous cachant sa face
Nous ameine benin le *Soleil* en sa place.

Parmi ces saints discours que sa bouche parla,
Heureuse dans le ciel son ame s'enuola,
Comme parmi le bruit des fueilles vn *Zephire*
S'enuole dedans l'air, & son *Adieu* souspire.

Le ciel d'vn noir manteau en tesmongna son dueil,
De larmes les *Rochers*, d'*Eclipses* le *Soleil*,
Les *Graces* de ses yeux fermerent la paupiere,
Les *Amours* dans leurs feuz en mirent la lumiere,

F ij

Les Muses doucement receurent ses propos,
Et fermerent sa bouche en son dernier repos,
Luy font cest Epitaphe: & d'vne voix tremblante
Toute France en pleurant le chante & le lamente.

  Cy gist des bons l'Espoir, des meschans la terreur,
Les delices du ciel, du monde l'excellence,
Mort il nous aime encor & d'vne douce humeur
Nouuel astre la'haut il domine la France.

F I N.